KB157867

한국 희곡 명작선 74

그게 아닌데

한국 희곡 명작선 74

그게 아닌데

이미경

평민사

이
미
경

그게 아닌데.

등장인물

조련사
어머니
형 사
의 사
동료 / 코끼리 – 1인 2역

무대

취조실

뉴스 진행자 목소리

오늘 오전, 코끼리 다섯 마리가 도시 중심지로 탈출했습니다. 이 가운데 한 마리는 탈출한 뒤 바로 붙잡혀 후송되었으나 두 마리는 선거 유세장에 침입하여 10여 분 만에 아수라장을 만들었습니다. 참사가 일어날 수도 있는 순간이었습니다. 코끼리들이 무법자처럼 도시를 누비며 심한 악취의 배설물들을 쏟아내 보행자와 운전자들이 큰 불편을 겪기도 했습니다.

뉴스 소리가 작아지면서 무대가 밝아진다.

취조실, 의사와 조련사가 마주보고 앉아있다.

의사가 카세트를 끄고 조련사 앞에 앉는다. 녹음기를 켠다.

의　사　왜 코끼리를 풀어준 거죠?

조련사　….

의　사　전 어디까지나 선생님 편입니다.

조련사　풀어준 게 아닌데.

의　사　비둘기가 날자 코끼리가 겁먹고 달렸다고 말씀하셨어요. (사이) 혹시 코끼리 몸을 쪼도록 비둘기를 유인하셨나요?

조련사　아닌데.

의　사　아닌데 비둘기들이 날자 코끼리도 달렸다고요?

조련사　달릴 순 없는데. 뛰어간 건데.

조련사가 의사로부터 제법 떨어진 곳으로 가서 코끼리처럼 뛰는 흉내를 낸다.

의 사　그렇게 뛰었다고요?

조련사　(고개를 끄덕이며) 느껴지는데.

의 사　뭐가요?

조련사　(다시 한 번 뛰더니) 울림이 느껴지는데.

의 사　아니요.

조련사　코끼리는 느끼는데. (발바닥을 들면서) 발바닥으로 느끼고 (손을 귀에 대고) 귀로도 느끼는데. 십육 킬로미터 떨어진 곳에서 동물들이 오는 것도 코끼리는 알아차리는데. 코끼리의 발은 예민한데.

의 사　코끼리 전문가답군요. 전 선생님 공상까지 간섭하고 싶은 마음은 전혀 없습니다. 하지만 현실과 공상을 구분해서 말씀해주셔야 해요. 그래야 제가 도움을 드릴 수 있습니다.

의사가 기록을 한다. 그는 참으로 시시콜콜한 것까지 기록을 한다.

조련사　엄마한테 전화해야 되는데.

의 사　그렇죠. 엄마한테 매일 전화로 보고를 하셨죠?

조련사　점심에 전화 못했는데.

의 사　이젠 그러지 마세요. 엄마의 말에 구속될수록 공상의 영

역으로 도피하게 되는 거예요. 공상이 무슨 뜻인지 아시죠? 일어날 수 없는 일들을 생각하는 거예요. 코끼리가 비둘기 나는 걸 보고 쫓아 달려갔다, 그런 게 공상이죠.

조련사   달린 게 아닌데.

의 사   예. 뛰었죠. 그렇게 날뛰는 코끼리가 무섭진 않으세요?

조련사   코끼리는 착하고 순한데.

의 사   착하고 순한 코끼리가 사람들을 후리지고 건물들을 부쉈군요.

조련사가 고개를 숙이고 말이 없다.

의 사   저한텐 진실만을 말해야 해요. 아주 은밀한 진실까지. 은~밀한. '은밀한'이 무슨 뜻인지 아시죠? 깊숙이 숨겨둔 것까지. 선생님, 안 그러면 감옥에 갈 수도 있어요. 감옥이 어떤 곳인지 아세요? 동물원 쪽방보다 더 음침하고, 냄새에 찌든 변기통 같은 곳이죠. 절 똑바로 보세요. 전 선생님을 그곳에 가지 않게 하려고 온 사람입니다.

조련사   (의사를 쳐다보며 애절하게) 엄마가 기다리는데.

의 사   선생님, 엄마는….

형사가 커피를 두 잔 들고 들어온다. 의사는 대화를 멈추고 녹음기를 끈다.

형 사 잘 진행되시나? (의사에게 커피 한잔을 주며 조련사에게) 형씨도 커피 한 잔 하려우?

조련사가 고개를 젓는다.

의 사 코끼리 이송은 잘 끝났나요?

형 사 예. 한 마리는 남부 경찰서로 후송돼서 조서 쓰고 있대요.

의사가 피식 웃는다. 형사는 커피를 마시며 귀를 후빈다.

형 사 (귓밥을 날리며) 발가락이 두꺼워서 볼펜이나 제대로 잡으려나.

의 사 큰 피해는 없습니까?

형 사 피해, 많죠. 한 마리는 식당에 들어가서 난동을 피웠다던데. 고기 냄새를 맡았나?

조련사 코끼리는 초식 동물인데.

형 사 아하~ 그러세요? 그럼 상추 드시러 들어갔나 보죠.

의 사 코끼리를 관리 못한 책임은 면하기 어렵겠네요. 전화 쓰고 싶답니다.

형 사 코끼리한테 하려고?

의 사 어머니한테 건답니다.

형 사 마마보이구만.

형사가 취조실 문을 열고 밖에다 소리친다.

형 사   최 형사, 이 친구 전화 쓰게 해줘.

형사가 조련사를 내보낸다.

형 사   (껌을 꺼내 씹으며) 뭐 좀 건지셨습니까?

의 사   비둘기랑 거위 얘기만 반복하는데요.

형 사   비둘기가 떼로 날자 거위가 꽥꽥대고 그 소리에 놀라 코끼리가 달렸다? 이솝우화네.

의 사   과대망상증, 편집증, 강박장애, 인격 장애까지, 희귀사례입니다.

형 사   누가요? 하하하, 코끼리가요? 탈출 모의에 가택 침입에 공무집행 방해까지, 희귀한 놈들, 맞네. 하하하.

의사는 형사의 말에 빈정 상한다. 형사가 다리를 책상 위에 올리고 늘어지게 앉는다.

형 사   내 신세도 참. 귀신도 잡는 해병대 출신이 코끼리나 잡고 있다니. 작년에 받은 표창장이 다 부끄럽네. (고개를 돌려 거울로 자신의 눈을 응시하며) 희대의 살인마 놈들도 이 두 눈만 보면 오줌을 지렸는데 말이야. 동물이 눈빛을 무서워하나, 주먹맛을 아나, (컵을 쓰레기통에 조준하여 던지고) 코나 흔들

줄 알지. (신문을 펴고 읽다가) 엄한 사람들 코에 맞아 다치고, 코끼리한테 맞아 죽으면 완전 개죽음이지, 안 그래요? 아니, 코끼리 죽음인가?

의 사 말씀이 지나치시네요.

형 사 지나쳐요? 뭐가요? 개죽음이요, 코끼리 죽음이요? (다시 신문에 눈을 박고) 그렇게 죽지 않게 하려고 코끼리 잡아주고 사람들 지켜주는데, 지나치다뇨? 그럼 저, 섭섭합니다.

의 사 지나치다가 무슨 뜻인지 아시죠? 머무르지 않고 지나간다는 뜻이 아닙니다. 일정한 한도가 넘어서 정도가 심하다는 뜻이에요.

형사가 신문에서 눈을 떼고 의사를 쳐다본다.

의 사 (형사에게 눈길을 주지 않고 논문을 훑어보며) 헷갈리십니까?

형 사 예. 헷갈리네요. 의산지 옛날 우리 마누란지. (신문을 거칠게 넘긴다)

의 사 (논문에 밑줄을 그으며 읽는다) 유약한 아버지와 강압적인 어머니 아래에서 자란 남자아이는 적당한 남성상을 형성할 수 없다. 여자와 친밀하게 지내는 것에 자신감이 결여되게 된다. 반면 강력한 남성을 필요로 하는 심리가 생성되어 이를 다른 대상에 투영하게 된다. (고개를 끄덕이며 기록을 한다) 다른 대상에 투영….

형 사 다른 대상 누구요? 코끼리요?

의 사　그렇겠죠.

형 사　하, 하하, 하하하.

조련사가 들어온다.
밖에서 형사를 부르는 소리. '강 형사님! 손님 오셨습니다.'

형 사　왜? 이번엔 원숭이가 탈출했대?

형사가 조련사의 어깨를 툭툭 친다. 비둘기처럼 날다가 거위 소리를 내고 원숭이 흉내를 내며 한 바퀴를 돌고 나간다.

의 사　신경 쓰지 마세요!

의사는 형사가 나간 문을 보고 혼잣말을 하며 기록을 한다.

의 사　이름 강민호, 직업 형사, 소시오패스에 아스퍼거 증상. 공감이해능력 부족, 모든 주제에 대해 자신의 말만 함, 사회성 결핍, 타인을 무시, 폭력 가능성 농후함. 사례 넘버 D-17. (필기도구와 심리학책을 가방에 넣는다. 조련사에게) 전화하셨습니까?

조련사　엄마가 온다는데.

문 쪽을 의식하며 가방에서 포르노 잡지를 꺼낸다.

의 사   선생님 잡지죠?

조련사가 잡지를 빼앗으려 하나 의사가 손을 들어 올려 안 뺏긴다.

의 사   벌거벗은 여자 얼굴마다 코끼리를 오려 붙였어요.

조련사가 다시 잡지를 빼앗으려 한다.

의 사   (잡지를 넘기며) 여기도, 여기도. 하나같이 다 코끼리가 벌거
벗고 있는 여자 같네요. (어느 페이지를 펴 보여주며) 종이가
젖은 흔적이 있고. (코로 잡지를 훔치면서) 이상한 냄새도 나
고. 코끼리가 흥분시켰나?

조련사가 결국 잡지를 뺏는다.

의 사   말씀드렸잖아요. 전 선생님을 도와주러 왔다고. 주십시오.
제가 갖고 있어야 안전해요. 형사 손에 들어가면 어떤 죄
목으로 둔갑할지 모릅니다. 동물학대죄라도 만들겠죠. 그
게 형사들이 제일 잘하는 일이니까.

조련사가 의사를 쳐다본다.

의 사   저도 12살부터 수음을 했어요. 윤이 나도록 흔들었죠.

그런데 수음이 무슨 뜻인지 아시죠? 수음이란… 아시죠? 자위라고도 하죠. 자신을 위로하는 행위일 뿐입니다. (잡지를 들며) 이보다 더한 것도 하죠. 인간은 타인의 시선에서 벗어나면 용감해지는 법이니까. (은밀하게) 코끼리를 사랑하죠?

눈만 깜빡이는 조련사.

의 사　사랑하는 건 자유입니다.

조련사　코끼리는, 코끼리는 날 좋아하는데.

의 사　(웃으며) 그렇죠. 그래서 풀어줬잖아요?

조련사　비둘기가 날아서 거위가 꽥꽥대니까….

의 사　선생님! 현실과 공상을 구분하셔야죠. 코끼리를 사랑하는 건 현실이고 비둘기랑 거위는 공상이에요.

의사는 가방에서 커다란 코끼리 인형을 꺼낸다.

조련사　(반가워하며) 내 건데.

의 사　맞습니다. 선생님 방에 있던 물건이죠.

의사가 조련사에게 인형을 준다. 조련사는 아이를 품듯 인형을 꼭 끌어안는다. 의사는 인형을 안고 있는 조련사를 여러 각도에서 살펴보다 멈추어 선다.

의 사 그렇게 안고 주무십니까?

조련사 그런데. 그럼 잠이 잘 오는데.

의 사 코끼리 꿈도 꾸시겠네요.

조련사 크크크. 코끼리 꿈 꾼 적 많은데. 코끼리가 커다란 귀를 펄럭이며 하늘을 나는 꿈도 꿨는데.

의 사 또 어떤 꿈을 꾸었죠? 혹시 코끼리가 사람이 되는 꿈은 안 꾸셨나요?

조련사 사람…. (당황한다)

의 사 여자?

조련사 ….

의 사 괜찮습니다. 그럴 수 있어요. 숨어있던 선생님의 남성상이 코끼리를 통해 드러날 수 있습니다. 남성상이 무슨 뜻인지 아시죠? 남성상이란 선생님이 되고 싶은 남자의 모습이에요.

형사가 급하게 서류봉투를 들고 들어온다. 조련사가 코끼리 인형을 뒤로 감추다가 포르노 잡지를 떨어뜨린다. 형사와 의사가 동시에 다리로 잡지를 밟는다.

의 사 선생님이 심심하실까봐 제가 갖고 온 겁니다.

형 사 (천천히 다리를 빼고 잡지 표지를 본 후) 지나치시네요. 지나치다가 무슨 뜻인지 아시죠? 정신과 의사들은 환자를 이렇게 지나친 방법으로 치료합니까?

의사가 잡지를 집어 가방에 넣는다.

형 사　오늘은 이만 하시죠. 손님도 밖에서 기다리고 계시고. (조련 사에게) 그 인형은 또 뭐야?

의 사　선생님, 인형 주세요. 제가 갖고 있을게요.

조련사가 인형을 잡은 채, 미동이 없다. 의사가 가서 빼앗으려는 데 조련사 손에 힘이 들어간다.

의 사　역시 집착이 대단하시네요.

형 사　(억지로 빼앗으며) 줘 버려. 지금 인형이나 가지고 놀 한가한 타임이 아니다. (의사에게 인형을 주며) 한가한 사람이나 가지 고 놀라고 해.

의 사　(형사를 쳐다보다) 역시… (확신하는 듯 고개를 끄덕이며 다시 수첩 에 기록을 한다) 사례 D-17, 말이 뇌를 거치지 않고 입으로 바로 나옴.

의사가 물건을 정리하고 일어선다. 조련사는 의사가 들고 있는 인형만 바라보고 있다.

의 사　(조련사에게) 걱정 마세요. 제가 잘 가지고 있겠습니다. 정리 해서 다시 올게요. 그때까지 꿈 얘기를 더 생각해보세요. 꿈은 선생님의 마음을 대변해주는 거울이니까요.

형　사　(말을 자르며) 참 느긋하세요, 이 상황에. 포르노 잡지에 꿈 얘기에 대변에. 여기가 무슨 장미여관인 줄 아나.

의사가 문을 쾅 닫고 나간다.

형　사　(문을 보고 혀를 차며) 정신병 없는 정신과 의사는 없다더니. (조련사에게 다가가) 밖에 누가 와 있는 줄 알아? 임태규 의원 보좌관이 와 있어. 형씨, 인기 많아. 파리 꼬이듯이 잘난 사람들이 모여드네. (들고 있던 서류봉투를 책상에 던진다. 서류봉투를 톡톡 치며) 하마터면 깜빡 속을 뻔했어.

형사가 담배를 꺼내 핀다. 한 대를 다 피울 때까지 말이 없다. 조련사가 잔뜩 긴장한다.

형　사　네가 조련했지?

조련사　그, 그런데.

형　사　(서류봉투에서 서류를 꺼내 보며) 지금까지 조련시켰던 내용이야. 울타리 뛰어넘기, 기둥 들어올리기, 코 흔들기, 코로 공을 말아 올리기⋯ 치밀해. 지능적이고. 동물을 사용하다니⋯ 예상 밖이군. 사건 사이즈가 제법 커. 이럴 땐 고맙다고 해야 하나? (조련사에게 다가가 얼굴을 맞대고) 하지만 한 번 더 날 엿 먹이면 넌 끝이다! 여기서 걸어 나갈 꿈은 아예 꾸지 마. (왼쪽 손을 들어 보인다. 화상을 입은 흔적) 보여? 왜 이렇게 됐는지 말해줄까? 바람난 우리 마누라 너처럼 연기할 때, 손을 뜨거운 물에 푸우욱 넣어주다 화상을 입었어. 마누라는 손가락 두 개를 잘라냈지. 그러니까 진실을 불더군. 지금은 젓가락질을 못해. 포크를 쓰지. 우리 인연은 짧을수록 좋아. 길수록 더러워져. 너덜너덜해지지. 마누라와 나처럼. 무슨 말인지 새겨들어!

조련사가 손가락을 다잡아 슬며시 아래로 내린다.

형 사 정직만이 널 지킬 수 있는 무기다. 김창건 의원이 배후라며?

조련사 배… 우?

형 사 하, 하하, 요놈 봐라. 진짜 배우네. 김창건 의원이 시켰냐고?

무슨 말인지 갈피를 못 잡은 조련사, 멀뚱멀뚱 형사를 쳐다본다.

형 사 코끼리는 도망간 게 아니야. 네가 풀어준 거지?

조련사 풀어준 거 아닌데.

형 사 넌 헛간에만 불을 질렀다고 생각하지? 착오야. 산불로 번졌어. 하루 사이에 선거판이 난리가 났어요. 나라가 발칵 뒤집혔다고.

조련사 불 안 질렀는데.

형 사　야! 너 지금 나 우롱하냐?

조련사　진짠데.

형사는 가까스로 짜증을 참는다. 형사가 서류 봉투에서 오렌지 밧줄을 꺼내 조련사에게 들이댄다.

형 사　이게 뭔지 알지?

조련사　내 밧줄인데.

형 사　그래, 네 밧줄. 네가 코끼리 길들일 때 쓰던 밧줄이지. 코끼리는 이걸 보기만 해도 얌전해져. 밧줄을 끊을 수 있는데도, 습관에 묶여 얌전해진다고. 잘 알잖아?

조련사　….

형 사　넌 그날, (오렌지 밧줄을 툭툭 치며) 이걸 사용할 수 있었어. (손가락으로 머리를 가리키며) 머릴 사용할 수 있었다면 말이야. 날뛰는 코끼리들을 아주 쉽게 제압할 수 있었지. 하~ 그런데, 왜 사용하지 않았을까?

조련사　….

형 사　(밧줄을 돌돌 말며) 왜 주머니 속에 꾹 질러 넣었을까?

조련사　너무 갑작스러웠는데. 놀라서 밧줄을 깜빡했는데.

형 사　그 상황을 가장 잘 컨트롤할 수 있는 도군데 깜빡하셨다. 코끼리들이 다섯 마리나 설치는데도 깜빡하셨다. 지금, 지금 나한테 그 말을 믿으라는 거지?

조련사　나는….

형 사 나는, 뭐?

조련사 나는 코끼리 훈련시킬 때 밧줄 잘 안 사용하는데.

형사가 깊은 한숨을 뱉고, 밧줄로 벽을 내리치다가 던져버린다.

형 사 (목을 가누며) 간만에 흥분시키네. 짜릿하다, 야. (무거운 톤으로) 누가 지시했어?

조련사 (말이 끝나기 무섭게 바로) 관장님이 했는데.

형 사 그 뒤엔?

조련사 내, 내가 했는데.

형 사 그 뒤엔 누가 지시했냐고?

조련사 그 뒤엔 내가 코끼리를….

형사가 담배를 꺼내 문다. 형사는 한 모금을 피고 갑자기 조련사의 오른손을 꽉 잡는다. 불이 붙은 담배를 찍어 내리려하자 조련사가 갖은 힘을 다해 손을 빼려 애쓴다. 형사는 조련사의 손 옆을 스쳐 담배를 내리 꽂는다. 조련사는 자신의 손을 빼 화상에 덴 것처럼 다잡는다. 아직 말짱한 손. 하지만 조련사는 이미 겁을 먹을 만큼 먹었다.

형 사 (담뱃갑을 보며) 두 개비 남았다. (담뱃갑을 조련사의 눈앞에 놓으며) 코끼리를 조련한 지 얼마나 됐어?

조련사 이, 일 년 됐는데.

형 사	이 년이야? 일 년이야.
조련사	(힘을 주며) 일 년인데.
형 사	일 년 전부터 코끼리 조련에 침투시켰다. (코를 킁킁대며) 냄새가 제법 구리다. 왜 코끼리를 시작했지?
조련사	순하고….
형 사	묻는 말에만 대답해. 왜 코끼리 조련을 시작했냐고?
조련사	코끼리는 내 말을 잘 듣는데.
형 사	데, 데, 데, 데! 너 지금 나한테 반말 하냐?
조련사	아닌데.
형 사	요! 왜 코끼리가 달렸다고?
조련사	달린 게 아니라 뛰어간 건데… 요.

형사가 주먹으로 책상을 친다. 조련사가 놀라 바로 진술한다.

조련사	소풍 나온 꼬마가 과자를 던졌는데. (과자를 뿌리는 제스처) 이렇게 막 뿌리니까 비둘기가 잔뜩 모였는데. 꼬마가 비둘기한테 (발을 내딛으며) 발을 쾅 하고. 그러니까 비둘기가 우루루루 날아가고. 거위가 꽥꽥대고 코끼리가 놀라서….
형 사	꽤애액꽥꽥꽥.
조련사	코끼리가 놀라서, 한 마리가 뛰니까 다른 한 마리가 뛰는데….
형 사	(멱살을 잡고) 나 빡 도는 거 보고 싶지?
조련사	요!

형사가 멱살을 풀고 마른세수를 한다.

형 사   넌 이미 형법 267조에 의한 과실치사죄로 2년 금고야. 폭
행에 고의가 있었으면 폭행치사죄에, 중과실치사면 형
이 가중된다고. 허위 진술 죄에 공무집행방해죄까지 따지
면⋯ 점점 늘어나. 지금 코끼리가 뭐, 비둘기 무서워서 도
망갔다, 너 그렇게 말했지? 그 말은 말이다. 내가 네가 무
서워서 도망갔다는 말이야. 말이 되냐? 함 말해봐라. 네가
이렇게 깨작깨작되니까, 내가 무서워서 도망갔다, 그게 말
이 되냐고?

조련사   (고개를 흔든다) 코끼리가 촉각이 발달해서⋯.

형 사   뭐, 뭐가 발달해?

형사는 옆에 있는 화이트 칠판을 끌어다 조련사 앞에 놓는다.

형 사   잘 봐. (자꾸 고개를 숙이려는 조련사의 턱을 잡아 올린다)

형사는 공원과 유세장의 위치를 간단히 그리고 도식을 그리며 설
명한다.

형 사   공원에서 유세장까지 거리는 고작 3.2km야. 코끼리가 뛰
어가면 얼마나 걸릴까? 5분? 10분? 두 마리는 공원에서
나와 바로 유세장으로 뛰었지. 임태규 의원이 유세를 시

작하려고 단에 오르는 바로, 바로 그 시간에. 우연치곤 너무 절묘하지 않아? 한 마리가 입구에서 지지자들을 순식간에 헤집어 놨어. 유세장이 금세 쑥대밭이 되었다고. 그리고 다른 한 마리는 단에 오르는 임태규 의원을 코로 가격했지. 의원의 뒤통수를 후려쳤어. 눈 깜짝할 사이에.

사이.

형 사　보통 조련 솜씨가 아니야.

조련사　코끼리는 겁이 많은데. 사람들을 때리려고 한 게 아닌데. 모르는 데 가니까 무서워서 그런 건데.

형 사　그렇지. 그렇게 위장하려고 조련시켰잖아. 일 년씩이나. 너, 임태규 의원이 누군지 알아? 진국당에서 김창건 의원이랑 경선에 붙은 분이야. 대선 출마를 코앞에 두고. (서류에서 신문을 꺼내며) 그런 분이 지금은 코끼리한테 맞아서 누워있어. 석간 1면이야. 인생 참 드라마틱하다. 그치?

형사는 신문을 가져다 조련사 눈앞에 들이댄다.

형 사　야! 인마. 이렇게 되면 넌 빼도 박도 못해. 내일 신문 1면은 네 얼굴로 도배가 될 거야. 대통령 후보를 반 죽여 놓고, 뻔뻔하게 앉아서 (앉아서 조련사 흉내를 내며) 코끼리가요, 비둘기가 무서워서요, 도망가다가요. 의원을 죽도록 갈겼어요. (일어나며) 그렇게 말하면 누가 믿을까?

형사가 서류에서 사진을 꺼내 붙이며 질문을 한다.

형 사　여기 봐. 이 사람 본 적 있지?

조련사　….

형 사　김창건 의원이야. 이 사람은?

조련사　….

형 사　전대석 의원이고. 이 사람은?

조련사　….

형 사　대답 안 해? 이 새끼야. 말 안하는 조련사에 말 못하는 코 끼리에, 씨발, 돌아가시겠네. (일어나 문을 열고) 최 형사, 라 면 물 얹어. 삼인분 먹을 거니까 많이 끓여. 물을 아주 팔, 팔, 끓여. (문을 닫는다)

조련사　(손을 맞잡고) 잘못했는데. 잘못했는데.

형 사　뭘? 뭘 잘못했는데? 손가락 두 개면 뭘 잘못했는지 알 겠지.

조련사　아닌데. 그게 아닌데.

형 사　(손가락을 펼치고 하나씩 세 개를 꺾으며) 그럼 세 개?

조련사　요!

형 사　너 지금 재밌지?

형사가 조련사에게 한 방 날리려는데 밖에서 들리는 소리. '강 형

사님, 손님 가신다는데요.'

형 사 오늘 운 좋은 줄 알아라. 보좌관님 아니었으면 옥수수 두 개는 털렸다.

형사가 나간다.
혼자 남은 조련사. 멍하니 앉아 있다가 바닥에 떨어져 있는 오렌지색 밧줄을 본다. 가서 밧줄을 집어 든다.

조련사 (밧줄을 둥글게 말며 혼잣말로) 삼코야, 너네 괜찮니? 설마 정말 사람들을 다치게 한 건 아니지?

조련사가 밧줄을 들고 서 있다. 형사는 큰 상자를 가지고 들어온다. 그는 조련사를 보고 놀라 잽싸게 조련사를 제압하고 밧줄을 빼앗는다.

형 사 미친 놈! 뭐 하려는 거야? 아주 날 똥밭에 굴려라, 굴려. (밧줄을 들고) 이런 데 매달 용기 있는 놈이 진술은 왜 못해?
조련사 매달 생각 없는데.
형 사 (밧줄을 지퍼 백에 넣은 후, 상자에 담으며) 널 왜 썼는지 알겠다. 없는데, 아닌데, 그게 아닌데, B급 배우는 되겠어. (조련사의 손과 목을 확인해보며) 부모를 생각해. 자식 앞세운 부모, 사는 게 사는 게 아니다.

형사가 조련사의 목을 확인하다 위로 드러난 상처를 이상하게 생각한다. 그는 조련사의 옷을 잡아 목선 아래로 내려 본다. 피하려는 조련사를 붙잡고 윗옷을 들어 올린다. 드문드문 멍든 상처가 제법 많이 드러난다.

형 사 누구 짓이야?

조련사 코끼리한테 맞았는데. (윗옷을 내리고 형사를 쳐다보다가) 요.

형 사 너도 조련 당했어? 코끼리 조련하라고 조련 당했냐고?

조련사 ….

형 사 (조련사의 머리를 흩뜨리며) 아하, 이 불쌍한 새끼. 너도 불쌍하고 나도 불쌍하다. 너, 방금 간 보좌관이란 놈이 뭐라고 했는줄 알아? 이 지역 관할 하에서 일어났는데, 배후를 못 잡으면 책임소재가 어느 선까지 갈지 모른대. 누구까지 날아갈지 궁금하대. 아주 힘을 팍팍 주면서 뱉더라. 내가 어땠을까? 그렇게 쥐어짜는 소리 들을 때 내 기분이? 좋았을까? 우리, 빨리 끝내자. 뚜껑이 열려서 김이 사발로 나오고 있으니까.

형사는 상자에서 액자를 찾아 가져온다.

형 사 이 액자 본 적 있지?

조련사 (유심히 보다가) 관장님 사무실 벽에 있는데.

형 사 빙고! 자식, 잘 아네. 여기 봐. 2003년 속리산 야유회. (조련

사의 손가락을 잡아 액자 속 사람들을 짚어가며) 이남걸 관장, 선
거유세장 장소를 물색했던 전대석, 김창건. 신기하게도 이
세 사람이 다 들어 있어. 어때? 감이 오지? 또 보여줄까?

형사가 서류를 뒤적인다. 조련사가 초조한 듯, 손가락을 물어뜯
는다.
형사가 상자에서 프로필이 적힌 파일을 꺼내 조련사에게 보여준다.

형 사   셋은 동향사람이야. 고등학교 동창이기도 하고. 이 사람들
이 한동안 안 만나다 요즘 부쩍 친해졌대. (명함을 보여주며)
며칠 전엔 여기서 같이 홍어를 먹었더라고. 삭힌 홍어를
잘근잘근 씹으면서 무슨 애기를 했을까?

형사가 대답 없는 조련사를 쳐다보다가 담배를 내민다. 조련사가
겁을 먹고 손을 뒤로 뺀다. 형사가 담배를 입에 물어주고 불을 붙
여준다. 조련사는 경계를 풀지 못하고 담배를 한모금도 빨아들이
지 않는다.

형 사   펴. (자신도 담배를 피어 문 후, 빈 담뱃갑을 보여주며) 담배 없다!
(담뱃갑을 치우고) 김창건 의원이 대선을 노리고 수작을 부리
는 거야. 유세장을 정하고 동물들을 뿌리고. 그리고 거기
에 널 이용한 거지. (의자에 앉아서 담배를 몇 모금 핀 후) 지금
부터 나한테 협조하는 게, 네가 살 길이야. 널 도울 수 있

는 사람이 있다면 유감스럽게도 그 사람은 내가 될 테니까.

형사가 조련사의 얼굴을 보다가 담배를 끈다. 타이프를 치다가 옆으로 밀어놓는다.

형 사 이제부터 아무 것도 기록하지 않는다. 여기에서 하는 말은 다 비밀로 하자. 너와 나의 비밀.

조련사가 담뱃불을 끄고 형사를 쳐다본다. 형사가 컵에 물을 따라준다.

형 사 세상엔 딱 두 가지 인간이 있지. 이용하는 인간, 이용당하는 인간. 그런데 문제는 이용당하는 인간은 이용하는 인간이 자기를 보호해줄 거라 착각하는 데 있어. 그래서 쓸데없이 의리라는 걸 지키지. 그러니까 끝까지 이용당하게되는 거야.

조련사가 물을 벌컥벌컥 마신다.

형 사 충성에 대한 보답이 뭔지 알아? 처분이야. 폐기처분. 그러니까 이제 착각에서 빠져나와.
조련사 난 시키는 대로….

형 사   넌 시키는 대로 했다.

조련사가 고개를 끄덕인다.

형 사   누가?

노크소리.
의사가 들어온다.

형 사   이 양반, 타이밍 기가 막히네. 어쩐 일로 또?
의 사   상의할 일이 있습니다. (동료에게) 들어오십시오.

동료가 들어온다.

의 사   같이 근무하는 동료입니다.
조련사   동현아.
의 사   이쪽으로 앉으십시오.

동료가 앉는다.

의 사   이 분 말씀을 듣고 보니 예상한 그대롭니다.

조련사가 동료를 쳐다보나 동료가 시선을 피한다. 우연히 타이프

앞에 앉게 된 의사가 타자 친 내용을 읽는다.

의 사   사건명, 코끼리의 음모.

형 사   (종이를 빼앗으며) 하실 말씀이나 하시죠.

의 사   음모? 하하하, 코끼리를 여자로 보신 겁니까? 하지만 남자
         일 수도 있습니다. 그 점이 이 사건을 푸는 열쇠죠. (동료에
         게) 아까 한 말씀을 그대로 해줄 수 있습니까?

동 료   여기에서요?

의 사   그래야 신빙성이 생기죠. 신빙성이 무슨 뜻인지 아시
         죠? 믿을만한 증거가 된다는 말입니다. 걱정 말고 말씀
         하십시오.

동료는 조련사를 외면하고 있으나 차마 입이 떨어지지 않는다.

의 사   친구를 위해섭니다.

조련사가 동료를 쳐다보나 여전히 침묵.

의 사   말씀 드렸죠. 그 진술이 사건을 해결하는데 유리하게 작
         용한다고.

동 료   (어렵게 입을 연다) 그날은 얘가 비번이었어요. 코끼리가 목
         욕하는 것을 보고 풀을 준비하러 갔었죠. 코끼리는 엄청
         많이 먹어요. 하루에 야채만 150kg을 먹죠. 다른 날처럼

음식을 넣어줬는데, 이상하게 우리에서 나오질 않는 거예요. 우리 안이 좁고 어두워서 잘 들어가 있지 않는데, 그날은 좀 오래 있다 싶었죠. 퍼레이드에 쓸 조끼를 빨아놓고 돌아왔는데도 여전히 안 나왔으니까. 공놀이 훈련을 시킬까 싶어 우리에 들어갔는데… 코끼리 뒤에 누군가 있는 거예요.

형 사 이 사람이었나요?

동 료 (망설이다가) 예. 바지를 내리고 있었어요. 처음엔 소변을 보는 줄 알았는데.

형 사 그런데요?

동 료 그놈이 발정기가 된 놈이라 거시기가 원래도 길지만 팽창하고 단단해져 있었거든요. 그걸 잡고 있더라고요. 다른 한 손은 자기 바지 속에 있었어요. 어찌나 손을 마구 흔들던지. 전 너무 놀라서 못 본 척하고 몰래 나왔죠. 절 못 본 것 같았어요.

조련사가 동료에게 달려들자 의사가 막는다. 의사가 동료와 조련사를 떨어뜨려 놓는다.

형 사 그것에 대해 얘기를 해본 적은 없어요?

동 료 예.

조련사 아, 아닌데.

의 사 변태성욕입니다. 변태성욕이 무슨 뜻인지 아시죠?

조련사   (동료를 째려보며) 거짓말!

의 사   성애의 대상에 대한 도착과 성행위에 이상이 나타나는 걸 말하죠. 성애의 대상으로 동물애로의 도착이 있을 수 있죠.

형 사   (빈정대며) 그냥 종합 장애 세트라고 하세요.

조련사   그땐… 이유가 있었는데. (기억이 안 난다) 뭐였더라….

의 사   창피한 마음, 이해합니다. 하지만 동료분도 용기를 낸 겁니다. 선생님을 위해서.

조련사   가려워서 그랬던 거 같은데.

형 사   (의사에게) 저 얘기가 이 사건과 무슨 상관입니까?

의 사   정상이 아닌 상태에서 벌어진 일은 금치산자에 적용되는 걸로 아는데요.

형 사   (코웃음 친 후, 깔깔대고 웃는다) 의사 나으리, 뭔가 오해가 있는 모양인데. 그건 이 사건의 핵심이 아니에요. 설사 코끼리를 강간했다고 해도 전혀 상관없다고요.

동 료   얜 코끼리를 좋아해요. 좀 이상하게 좋아하죠.

조련사   야! 너~

조련사가 다시 동료에게 달려든다. 의사가 조련사를 제지한다.

의 사   코끼리랑 수음하는 건 정상적인 일은 아니죠. 정상과 비정상을 나눈다는 게 평균적인 확률에 의한 거긴 하지만. 지금 선생님을 위한 최선은 취조가 아니라 관심과 치료입니다.

동　료　그럼 전, 이만 가도 될까요?

의　사　예. 나중에 도움이 필요하면 또 연락드리겠습니다.

형　사　위증죄에 걸리면 시끄러워요.

동　료　사실이에요. 맹세합니다.

의　사　그만 가십시오.

동　료　수, 수고하세요.

의사가 문을 열어준다. 동료가 나간다. 조련사가 씩씩대며 분노어
린 눈으로 동료가 나간 문을 쳐다본다.

형　사　(조련사에게) 아니지? 너 변태 아니지?

조련사　(눈물이 뚝뚝 떨어진다) 거거기를 모모기한테 물렸었는데. 가
려웠는데. 긁기도 힘들고. 주변만 막 긁다가 약 바르려고
코끼리 뒤에서 팬티를 벗었는데. 화끈거려서 코끼리 거시
기 잡고 있었는데.

의　사　이 분은 단지 애정에 대한 색다른 환상이 있어요. 사람에
대한 애정이 동물에게 흐르는 것뿐이죠.

형　사　허! 기가 찰 노릇이군.

의　사　형사님! 이 분은 좀 다른 것뿐이에요. 다를 수 있어요. 그
건 선생님의 잘못이 아닙니다. 유전과 환경 때문이죠. 선
생님도 피해자입니다.

형　사　골고루들 하시네. 이솝 동화에 성인물 에로틱 버전에.

의 사 증명할 수 있습니다.

의사가 가방에서 논문을 꺼낸다.

의 사 '트라우마와 성정체성의 관계', 제 논문입니다. 트라우마
가 무슨 뜻인지 아시죠? 어떤 충격을 받았을 때 정신적 충
격이 깊은 상처로 남는 걸 말합니다. 이 논문은 세 가지 사
례를 토대로 썼는데, 선생님은 두 번째 사례와 흡사한 지
점이 많습니다.

형 사 사주를 받은 거예요. 누구한테서 받았느냐만 밝히면 되는
데, 계속 끼어드네. 정신 산만하게. 금치산자니 정신병자
니 해서 빼낼 생각 마쇼. (찡얼대는 조련사에게) 시끄러워!

조련사는 어깨를 들썩이며 숨을 고른다. 형사는 수사기록을 정리
한다.

형 사 (혼잣말로) 환상? 정치적 사건을 성적 환상이라니, 정신과
의사들은 왜 이리 야한 거라면 사죽을 못 써.

의 사 형사란 사람을 의심해야 먹고 살 수 있다죠. 의심을 많이
해야 더 잘 나가는 형산 줄 알고 있고.

형 사 이 양반이….

의 사 그렇게 의심이 많은 분이면 의처증으로 부인도 꽤 고생하
셨겠군요. 남성다움에 콤플렉스를 가진 의처증은 부인에

게 폭력까지 휘두르기 마련인데.

형사가 의사에게 다가서는 순간, 밖에서 '강 형사님! 조련사 어머니 왔는데요.' 소리 들린다. 조련사가 일어난다.

형 사   앉아!!! (의사에게) 당신 혀, 안에 잘 접어두쇼. 밖으로 튀어 나오지 않게.

형사가 나간다. 조련사는 문에서 눈을 떼지 못하고 서 있다.

의 사   괜찮습니다. 앉으세요. 어머니도 곧 만날 수 있어요. (사이) 동료가 와서 좀 놀라셨죠?

의사가 녹음기를 켠다.

의 사   선생님이 이곳에서 빨리 나가기 위해선 동료 분의 진술이 필요했어요. 선생님의 부끄러운 부분을 드러내는 게 아닙니다. 단지 선생님이 다른 이들과 조금은 다르다는 사실을 입증할 객관적 진술이 필요했어요.

이때, 의사의 핸드폰이 울린다.

의 사   예, 교수님. 내담자와 대면중입니다.

조련사   (화난 목소리) 맞는데, 모기한테 물린 거 맞는데.

의 사   예. 여러 증상이 개별적으로 분명하게 드러나고 있어요. 치료시기를 놓쳐서 심화된 측면도 있고.

조련사   상처는 코끼리한테 맞아서 멍든 건데. (옷을 올리며) 모기한 테도 물리고 가끔 코끼리가 놀라면….

조련사가 간지러운 듯 긁는다.
의사가 눈을 크게 뜨고 조련사에게 다가가 상처를 자세히 들여다 본다.

의 사   상당히 심화된 것 같습니다.

조련사   (옷을 내리며) 동현이, 저 새끼, 나쁜 새긴데.

의 사   예. 제 논문 사례와 정확히 들어맞습니다.

조련사   매일 날 놀렸는데.

의 사   우선 프로젝트 초안을 잡아보겠습니다.

조련사   내가 코끼리 거시기를 왜 흔드는데? 종도 아닌데.

의 사   예. 종도 아닌데. 아, 아닙니다. 하하하. 이런 사례는 극히 드물죠. 이 내담자가 자기를 받아들이는 데는 상당한 시 간이 소요될 것으로 보입니다. 교수님이 협조해주시면… 국제정신분석협회와 네트워크해서 임상 치료할 수 있도 록 프로그램을 짜보죠. 이번 학술보고회에서 메인 이슈가 될 겁니다. 감사합니다. (살짝 고개를 숙이자 조련사도 따라서 같 이 인사를 한다) 학계에 새로운 담론을 형성할 수 있을 거예요. 환상을 가로지르는 주이상스의 인물. 알겠습니다. 자세한 건 나중에 더… 예. 들어가십시오.

의사는 핸드폰을 끊고 밝게 웃으며 두 손으로 조련사의 팔을 꽉 잡는다. 조련사가 손으로 팔을 뗀다.

의 사 선생님 절 믿으세요. 제가 여기서 나갈 수 있도록 돕겠습니다. 치료도 해드릴 거고. 학술지에 따르면 말이나 기르던 개와 관계한 사례의 보고도 있었어요. 코끼리는 극히 드물죠. 아니, 없었죠. 우선 크기에서 엄두를 못 내니까. (조련사의 옷을 가리키며) 그런데 그 상처는 코끼리한테 맞은 건가요?

조련사 (고개를 끄덕이며) 간지러운데.

의 사 (기록을 한다) 마조히즘, 피학에서 오는 변태성욕이에요. 마조히즘이 무슨 뜻인지 아세요? 이성으로부터 맞으면서 성적 만족을 느끼는 거예요. 혹시 그때 짜릿했나요?

조련사 (의사의 말이 이해되지 않아 한참 쳐다본다) 전기 안 올랐는데.

의 사 아~ 제 말씀은 흥분되셨냐고요?

조련사 아픈데 왜 흥분이 되는데?

의 사 그러니까 육체적 정신적 학대를 받고 고통을 느끼면서….

형사가 어머니를 데리고 들어온다.
조련사가 벌떡 일어난다.

조련사 엄마!

의사가 녹음기를 끄고 일어난다.

어머니 괜찮니?

의 사 안녕하세요.

어머니가 목례를 한다.

형 사 (의사에게) 잠깐 나가 계시죠.

의 사 (일어나며 어머니에게) 강압적으로 추궁하지 마십시오.

어머니 무슨 말씀인지….

의 사 말 그대롭니다.

형 사 정, 신, 과, 의삽니다.

어머니 예.

의 사 어머님의 강압이 아드님을 현실에서 밀어내고 있어요.

형 사 예, 예. (의사를 문 쪽으로 밀며) 제가 이렇게 밀어내고 있습니다.

의 사 (형사의 손에서 벗어나 기록을 하며) 사례 D-17, 모든 대화에서 논점을 벗어남.

의사가 가방을 챙겨 나간다.
형사가 라디오를 켠다.

뉴스 진행자 목소리

코끼리 탈출 사건을 조사하고 있는 경찰은, 단순 우발적 사고에서 계획적 범행으로 수사 방향을 선회했습니다. 경찰은 이 사건에 윗선 개입 여부가 있는지를 밝혀내는데 수사를 집중하고 있습니다. 임태규 의원 선거진영은 민주주의 시대에 있어서는 안 될 신종 부정선거라며 배후를 반드시 밝혀내야 한다고 주장하고 있습니다. 이에 대해 시민단체는 임 의원 측이 사건의 본질을 호도하고 있다고 맞서고 있습니다. 임 의원이 건설부장관 시절 빼돌린 세금과 그 사용처를 밝히고 후보직을 사퇴하라고 한 목소리를 내고 있습니다.

형사가 라디오를 끈다.

형 사 (조련사에게) 산불 맞아. 지금 온 나라가 코끼리 얘기로 들끓고 있어. 기억하지? 널 도와줄 수 있는 건 유감스럽게도 나뿐이란 거. (어머니에게) 말씀드렸죠. 잘 설득하세요.

어머니 다 말할 거예요. (미소를 지으며) 걱정 마세요.

형 사 (조련사에게) 오후에 기자단이 온다고 했어. 있는 그대로 자세히 진술하면 돼. 누가 코끼리를 길거리에 풀어놓으라고 시켰는지, 왜 그랬는지. 알겠지?

어머니 예, 그럼요. 얘는 엄마한테 거짓말 안 해요.

형 사 10분 드릴게요.

어머니　　고맙습니다.

형사가 나간다.

어머니　　괜찮아?

조련사　　응.

어머니　　(얼굴을 매만지며) 너, 또 울었니?

조련사　　엄마, 무서워.

어머니　　코끼리는 왜 풀어줘서 이 난리를 치니, 그래.

조련사　　안 풀어줬는데.

어머니　　넌 늘 그렇게 말하지.

조련사　　진짠데.

어머니　　(가방에서 주먹밥을 꺼내며) 배고프지? 먹어.

조련사가 손을 안 대자 어머니가 주먹밥을 떼어 입에 넣어준다.

어머니　　힘들 땐 먹는 게 제일이라더라. 인생 뭐 있니, 먹고 참는 거지.

조련사가 주먹밥을 받아먹는다.

어머니　　(물을 꺼내며) 물도 마시고.

조련사가 물을 마신다.

어머니   코끼리가 불쌍해서 풀어줬니?

조련사   풀어준 건 아닌데. 왜 다 풀어줬다고 하는데.

어머니   엄마한테는 말해도 돼.

조련사는 묵묵히 주먹밥을 먹는다.

어머니   엄만 이미 다 알고 있어.

조련사는 대답이 없다.

어머니   아가.

조련사   사실 난 다 알고 있었는데.

어머니   그렇지?

조련사   코끼리들은 도망간 건데.

어머니   그렇지?

조련사   거위 소리에 놀란 척 하면서 서로 눈을 마주쳤는데. 그리고 미리 약속한 듯이 뛰었는데. 난 다 봤는데.

어머니   코끼리도 알고 있었어. 네가 가만히 있을 거라는 걸.

조련사   그럴까?

어머니   그럼. 그럴 거야. 엄마도 알고 있었는데.

조련사   엄마도?

어머니 네가 동물원에 취직한 게 동물들을 풀어주기 위해서란 것도 알고 있는데. 넌 그런 애잖니. 그렇지 않니?

조련사는 어머니의 말에 다소 혼란스럽다.

어머니 어렸을 때 집에서 기르던 개 기억나지?

조련사 쫑이.

어머니 그래. 그 개도 네가 풀어줬잖니. 네 아버지가 잡아먹을까봐.

조련사 쫑이 내가 풀어준 거 알고 있었어? 모르는 줄 알았는데.

어머니 모두 도망간 줄 알지만 엄마는 알고 있었어. 풀어줘도 도망 안 가서 네가 도망가라고 발길질하는 거, 엄만 다 봤다. 시골 할머니 집에서 닭장 문 열어둔 것도 너였지? 학교에서 개구리 풀어준 것도 너고. 선생님이 해부한다고 잡아놓은 걸 풀어줘서 난리 났었잖아. 호호호… 그 때 생각하면… 호호호….

조련사 개구리는 내가 풀어준 게 아닌데. 친구가 팔을 치는 바람에 망을 놓쳤는데.

어머니 그게 그거지. 넌 개구리가 도망치고 싶다는 걸 알아챈 거지. 그래서 놓아준 거잖아. 엄마가 개구리들 잡으려고 고생한 거 생각하면… 선생님한테 전화 받고 한나절을 잡았잖니, 호호호… 나중엔 바구니에서 개구리들이 뛰쳐나오는데, 으이그~ 그 물컹물컹한 것들이, 팔이고 치마 속이고

가슴 속이고 여기 저기 뛰어다니고, 얼마나 징글징글했는
지….

어머니가 조련사의 팔에 손을 얹자 조련사가 개구리처럼 떨쳐낸
다. 어머니가 깔깔대고 웃는다.

어머니 넌 항상 풀어주고 싶어서 이유를 만들어. 그렇지 않니? 작
년에 동물원에서 사자들이 우리에서 나갔다가 애먹었지.
그것도 네가 풀어준 거 아니니?

조련사 아닌데.

어머니 네가 그랬잖아. 사자가 아침밥을 주기 전에 배고픔을 못
참고 뛰어나갔다고. 엄만 그 말을 듣는 순간 생각했다. 네
가 사자를 풀어주고 싶어서 얼마나 오랫동안 망설였을까?
네가 사자 우리 문을 잡고 얼마나 열었다 닫았다 열었다
닫았다 했을까?

조련사 아닌데. 난 코끼리 담당인데.

어머니 그래, 이번 코끼리도 그래. 비둘기랑 거위 때문에 도망갔
다니. 호호호. 엉뚱하긴. 우리 아긴 작가가 됐으면 더 좋았
을 걸. 이야기를 너무 근사하게 만드는데. 형사가 네 진술
을 말해줬을 때 엄만 기뻤다. 네 용기가 멋졌어. 말도 안
되는 이유로 당당하게 형사를 골탕 먹이는 게 씩씩해 보
였어. 사람들은 너만큼 대담하지 못해. 그러니까 늘 주눅
들어 사는 거야.

조련사	엄마, 그건 사실인데. 비둘기랑 거위 얘긴 사실인데. 코끼리가 그걸 이용한 건데.
어머니	아가, 공원에서 매미는 더 시끄러워. 아이들은 어떻고. 어찌나 징글맞게 깔깔대는데. 자동차 소리, 스피커 소리. 엄만 시끄러워서 공원은 절대 안 가. 그런데 고작 거위 소리에 놀라 도망을 가? 들릴까 말까 한 거위 소리에 놀라서? 호호호… 형사님이 화날만하지. 너무 대담했다, 얘. 형사님들이 제일 싫어하는 게 뭔 줄 알아?

조련사가 의아해하며 어머니를 쳐다보자 머리를 매만져준다.

어머니	자신 말에 반박하는 거야.
조련사	엄마.
어머니	응.
조련사	엄마는 내 말 믿지?
어머니	그럼, 그럼. 엄마는 너만 믿어. 그런데 아가, 너 혹시 감옥까지 가서 죄수들도 풀어주려는 건 아니지?
조련사	엄마~ 아닌데.
어머니	너무 순진한 생각이야. 감옥은 다른 곳이다.
조련사	감옥은 변기통 같은 곳인데.
어머니	맞아. 절대 가면 안 되는 곳이야.

어머니는 문을 쳐다보고 밖을 의식하며 목소리를 낮춘다.

어머니 엄마 말 잘 들어. 넌 무조건 아무 말도 하지 마. 아무 말도. 그게 널 지켜줄 수 있는 무기다.

조련사 아까 형사님은 정직이 무기랬는데.

어머니 안 돼. 절대 정직하면 안 돼. 정직하면 널 우습게 봐. 이 세상은 말이다. 정직한 사람을 제일 무시해. 성실한 사람보다 더 무시 받는 사람이 정직한 사람이야. 밖에서 사람들이 널 몰아붙일 때, 엄마가 어떻게 하라고 했니?

조련사 입을 다물고 계속 딴 생각을 하라고 했는데.

어머니 그래, 그거야. 누가 뭐라든지 계속 딴 생각을 해. 한참 지나면 대꾸할 필요도 못 느껴. 더 지나면 상대방이 화낸다. 화나면 제 풀에 포기해. 그때까지 네 생각은 절대 말하면 안 돼. 위험해져. 맞다고 해도 아니라고 해도 꼬투리를 잡잖니. 그냥 모른 척 해. 그게 최고다.

조련사가 배시시 웃는다.

어머니 왜 웃니?

조련사 아빠가 엄마한테 그랬는데.

어머니 그러니까 엄마가 저놈처럼 매일 뿔이 났지. 아주 돌부처마냥 꿈쩍도 안했잖니. 으이그, 독한 양반. 엄마는 생각만 해도 화난다. 아빠만큼만 해. 안 그러면 저놈들이 널 감옥에 처넣을지도 몰라. 저놈들은 감옥에 빈 방 생기는 걸 제일 싫어해. 이상하지, 월세도 안 받으면서 왜 그렇게 꼬박 꼬박 처넣는지. 아가, 감옥은 벽과 창살이 높아. 죄수들은 네가 풀어줄 수 없어. 무시무시한 교도관이 지키고 있으니까.

조련사 내가 왜 죄수들을 풀어주는데?

어머니 넌 늘 그렇게 말하지. 따지고 보면 아빠도 네가 풀어준 거다.

조련사 내가?

어머니 그럼. 어느 날 갑자기 아무 말도 없이 집을 나갔잖니. 그때도 넌 그렇게 말했어. 네가 풀어준 게 아니라고 딱 잡아뗐지. 하지만 엄만 다 알고 있다. 엄마도 아빠만큼 답답했으니까. 집이란 건 답답한 거다. 누구든지 나가고 싶어 해. 가족이 없다면 안 나가도 되겠지만.

조련사 나도 답답했는데.

어머니 네가 아빠에게 말했지? 넌 괜찮다고. 넌 대학 갈 마음도 없고 조련사가 되고 싶다고. 그러니까 나간 거야. 책임감을 안 느껴도 되니까. 더 이상 답답해하지 않아도 되니까.

조련사 아빠는 집이 답답한 게 아니라 엄마가 답답하다고 했는데.

어머니 그렇게 말했겠지. 남자는 항상 여자에게 책임을 돌리니까. 하지만 넌 아빠만 풀어준 게 아니다. 엄마도 풀어준 거야. 엄마도 아빠한테서 풀려났어. 어쩌면 넌 그 일을 하기 위해 이 세상에 온 지도 몰라. 모두를 구속과 속박에서 풀어주기 위해. 우리 아긴 천사니까. 호호호….

조련사　엄마는 내 말 안 듣는데. 매일 자기 말만 하는데. 아빠는 코끼리가 됐는지도….

노크소리가 들린다.
조련사가 말을 멈춘다.
형사가 들어온다.

형 사　아~ 냄새. 여기서 뭐 드시면 안 돼요.
어머니　죄송합니다.

어머니는 주먹밥을 정리해서 가방에 넣는다.
의사가 들어온다. 형사가 의사를 흘끗 쳐다보고 한숨을 쉰다.
형사, 의사, 어머니의 말다툼이 점점 분주해진다.

형 사　다 시인했나요?
어머니　그럼요. 우리 애가 말한 그대롭니다.
형 사　뭐라고요?
어머니　잠시 뛰어놀라고 코끼리를 풀어준 건데, 그렇게 일이 커질 줄 몰랐대요.
의 사　전형적이시네요. 둘이 있을 땐 억압하고 다른 사람들과 있을 땐 감싸고. 방금 하신 말씀은 어머니 각본이죠? 어머니 덕분에 아드님은 코끼리와 애정 행각을 하고, 급기야 함께 도망치는 애정도피까지 이르렀어요.

형 사   포르노 잡질 너무 많이 봤어. 뉴스 좀 보세요. 임태규 의원 이 전치 12주예요. 세상이 떠들썩한데 무슨 도피를 해요? 애정도피? 그것도 코끼리랑? 어이가 없어서. 이건 정치적 음모예요.

의 사   형사님 음모가 아니고요? 음모가 무슨 뜻인진 아시죠?

어머니   음모요? 우리 애는 그런 애가 아니에요. 호호호… 우리 애 는….

형 사   어머니! 협조하지 않을 거면 그만 가세요.

어머니   아니, 제 말은 우리 애는 너무 순진해서….

형 사   그 속을 알아요?

어머니   예?

형 사   아들 속을 아냐고요? 형사 생활 20년 동안 본 중범죄자들 은 하나같이 법 없이도 살게 생겼어요.

어머니   우리 아이가 법 없이도 살게 생겼나요? 우리 아인, 그 렇게 생기지 않았잖아요. 그렇지 않아요? 법 없이도 살 게 생긴 사람들이 범죄자라면, 우리 아인 대천사죠. 사 람은 겉과 속이 다르니까. 애는 코끼리가 불쌍해서 풀 어준 것뿐이에요.

형 사   불쌍해서? 아까 뉴스 못 들었어요? 이미 언론에선 임태규 의원 후보에서 밀렸다고 시끄러워요. 코끼리가 대선 후보 를 떨어뜨렸다고요. 잘난 아들 코끼리가. 그 사람이 아들 을 가만 놔둘 것 같아요.

의 사   (혀를 차며) 아직도 정치인들을 믿으십니까? 그 사람들은 자기 이름 빼곤 다 거짓말이에요. 자기애성 인격 장애자들이죠. (어머니에게) 아드님은 동물과 성행위를 하면서 평안을 얻고 점점 그 고립지에 노예화된 거예요.

어머니 (자지러지게 웃으며) 많이 배운 분이… 호호호… 동물과 뭘 해요? 우리 아이처럼 순진한 애가 뭘 해요? 선생님은 동물과 하나요? 호호호… 사이즈가 맞아요?

의 사 어머니!

어머니 (웃음을 멈추지 못하고) 죄송해요. 자꾸 상상이 돼서. 호호호… 처음 듣는 얘기라. 호호호… 애는 여자 한 번 사귄 적이 없어요.

의 사 맞습니다. 자신감이 결여되어 여자를 사귈 수 없었죠.

형 사 거, 여자 얘기 좀 그만하고. 어머니 웃고 떠들 때가 아닙니다. 아들 살릴 궁리를 하세요.

의 사 죄송합니다. 처음 들으시면 받아들이시기 힘들죠. 하지만 아드님은 이제 나오셔야 합니다. 거긴 비현실세계예요. 집착할수록 늪이죠. 모든 건 부모님으로부터 받은 상처에 있어요. 이제 그 상처들로부터 자유로워져야 해요.

어머니 도대체 무슨 말씀을 하시는지… 부모한테 상처를 받으면 동물과 그거를 하나요? 그래서 아이들이 공룡을 좋아해요? 그럼 그 많은 아이들이 공룡이랑… 엄마 아빠가 안 놀아준다고… 그게 말이 돼요?

의 사 그런 식으로 회피하지 마세요.

어머니 애는 아빠랑 친했어요. 늘 아빠한테 붙어 있었다고요.

의 사 유약한 아버지를 봤어요. 늘 어머니를 피해 배회하는 아버지를.

어머니 그래서 코끼리가 우리 애 아기라도 임신했나요?

의 사 그만하십시오! 제발 그만 하세요! 당신 같은 어머니 때문에 아들이 얼마나 괴로운 줄 아세요? 얼마나 답답하게 사는지 아시냐고요? 우리 어머니도 당신 같았어요. 절 마치 모형비행기처럼 조종했죠. 친구도 연애도 그 흔한 여행도 없는 청춘을 선물해줬어요. 오로지 의대를 보내기 위해서.

형 사 쯧쯧쯧. 눈물 없인 들을 수 없는 이야기군.

의 사 제가 그 상처를 극복하는 데 얼마나 걸린 줄 아세요? 그 탯줄을 끊어버리는데? 꼬박 20년 걸렸어요. 내가 날 대상 삼아 연구하고 치료하는데 반평생을 바쳤다고요. 그래서 전 아드님을 누구보다 잘 이해할 수 있어요.

형 사 의사 양반, 지금 사이코드라마 찍어?

어머니 쯧쯧쯧… 저런. 그러셨구나. 아가, 들었니? 그러게 엄마가 공부하라고 타박을 안 한 거야. 이렇게 되잖아.

형 사 어머니, 이럴 시간이 없어요.

의 사 어머니, 그만 놔주세요. 이제 제발!

어머니 선생님, 아무리 그래도 선생님 얘기를 우리 애한테 뒤집어씌우시면 안 되죠.

형 사 정치적 사건에 연루되면 말이죠. 의문사가 다반사야.

의 사 어머니, 제 말은….

어머니 애야 왜 가만히 있니? 이럴 땐 가만히 있으면 안 되는 거야. 의사선생님한테 아니라고 말씀 드려.

형 사 찜질방에서 계란 까먹는 얘기들 할 여유가 없다는데도.

어머니 네가 코끼리를 풀어준 건….

조련사 아아아아아아아악~~~~~

조련사가 귀를 막고 갑자기 소리를 지른다.

조련사 아아아아아아악~~~~~

그의 목소리가 너무 커서 모든 이가 놀라 입을 닫는다.
모두 그를 주시한다.
잠시 후.

조련사 (혼잣말로) 사실은, 사실은,

형사·의사 사실은?

조련사를 진지하게 쳐다보며 얘기가 나오길 기다린다.

조련사 코끼리는 다 도망간 건데.

어머니 아니잖니, 그게 아니잖니.

형 사 풀어준 거지?

조련사 코끼리는 다,

어머니 아가, 정신 차려. 이 식은 땀 좀 봐.

의　사　공황장애가 있는 거 같습니다.

조련사　정말로 다,

형　사　정말로 다?

조련사　원래는,

형사 · 의사　원래는?

조련사　사람이었는데.

형사 · 의사　사람이….

조련사의 말에 모두 황당하다.

황당함에 각자 생각을 놓친다.

잠시 침묵.

형　사　(신문을 갈기갈기 찢으며) 사람! 사람! 사람! 그래, 사람이다!
　　　　(꼭지가 돌아버린 상태)

의　사　그렇죠? 그렇다니까요. 사람이라 생각하고 사랑한 게 분
　　　　명합니다.

어머니　애가 지금 선생님들이 무서우니까 헛소리 하는 거예요.

조련사　정말인데. 다 사람이었는데.

형　사　이제 아주 미친 척을 해라.

어머니　선생님, 이러지 마세요.

형　사　의사양반이 이렇게 하라고 시키든?

의　사　시키긴 누가 시켜요? 장애가 있는 분에게 완력은 치명적
　　　　입니다. 치명적이라는 게 무슨 뜻인지 아시죠?

형 사 (조련사의 바지를 잡으며) 벗어봐. 의사가 사이콘지, 네가 정말 똘아이 새긴지 보여줘 봐.

조련사가 형사의 행동에 저항한다.

어머니 (조련사를 안아 자기 쪽으로 데려오며) 그만 하세요!

의 사 형사님, 인권 침해입니다.

형 사 멀쩡한 놈을 이상한 놈 취급하는 건 인권 침해 아니고?

조련사 사람이었는데.

형 사 저놈은 지극히 정상이야. 연기하는 거라고. (의사에게) 당신이 기름 부으니까 더 신났어.

형사가 담배를 찾다 빈 갑을 보고 구겨 던져 버린다. 밖으로 나간다.

의 사 언제부터 코끼리가 사람이었다고 생각하셨어요?

조련사 그들도 왜 코끼리가 됐는지 잘 모르는데. 어느 순간에 코끼리가 됐다고, 그랬는데. 그들이 무슨 말 하는지 다 들었는데. 내가 숨어서 다 들었는데.

어머니 아가, 그만. 됐어. 그만해.

의 사 어머니가 그만 하세요!

형사가 담배를 가지고 들어온다. 담배를 핀다.

조련사 오코는 가족이 보고 싶다고,

형 사 얼씨구.

조련사 이코는 애인이 보고 싶다고 그랬는데. 삼코는 아들이 보고 싶었는데,

형 사 오호, 재밌네.

조련사 그런데 삼코가 어느 날 퍼레이드할 때 아들을 봤다고 했는데. 아들이 코끼리가 된 자신을 못 알아봐서 속상했다고 했는데. 코를 마구 흔들어도 못 알아봤다는데. 아들이 깔깔대고 웃는데 자꾸 눈물이 났다고 했는데.

형 사 끝내주는 신파네.

어머니 우리 애는 가끔 이래요. 힘들 때면 자기만의 세상으로 들어가죠.

의 사 도피하는 겁니다.

조련사 내가 그랬는데. 아빠도 코끼리가 됐을 거라고 그랬는데. 그래서 우리가 못 찾는 거라고 엄마한테 그랬는데.

어머니 코끼리랑 너무 오래 지냈어요. 집에도 안 오고. 그러니 코끼리가 사람처럼 느껴졌겠죠. 왜 있잖아요? 늑대한테 길러진 애가 늑대를 엄마로 알았다는 얘기.

의 사 모든 트라우마가 코끼리에게 전이됐습니다. 전이가 무슨 뜻인지 아시죠? 옮겨졌다는 말입니다.

형 사 브라보! 잘 골랐어. B급이 아니야. 넌 A급이야.

조련사 정말인데. 코끼리들은 공연하면서 많이 우는데. 답답하다고 우는데. 슬퍼서 우는데. 난 다 알고 있었는데. 코끼리들

이 며칠 전서부터 도망갈 조짐을 보인 것도 알았는데. 도망가려고 의논하는 소릴 들었는데. 그리고 그날은 공원에 갈 때 다른 날과 다르게 빨리 걸었는데. 난 눈치를 챘는데. 오늘이구나. 다른 조련사들이 나한테 다 맡기고 매점에 갔을 때, 코끼리들이 주위를 살피기 시작했는데. 거위들이 꽥꽥댈 때 서로 눈을 마주쳤는데. 나도 코끼리랑 눈이 마주쳤지만 휘파람을 불었는데. 못 본 척 휘파람만 불었는데. 도망가라고. 가서 가족들 애인들 만나라고 일부러 못 본 척했는데.

어머니   겁을 많이 먹었어요. 두려우면 말이 많아져요.

어머니가 손수건을 꺼내 조련사를 닦아 주려하나 조련사가 피한다.

의 사   (조련사에게) 도망치지 마세요. 선생님은 지금 또 다른 거짓말을 만들고 그리로 도망가는 겁니다. 용기를 내서 직면하세요. 직면이 무슨 뜻인 줄 아시죠? 정정당당하게 직접 부딪치는 거예요. 지금이 가장 중요한 순간입니다.

조련사가 외면한다.

형 사   (담배를 비벼 끄고) 야, 인마! 나 똑바로 쳐다봐. 너 아까 시인했지? 시켜서 했다고. 그들이 널 1년 전부터 코끼리 조련에 투입했잖아.

조련사가 외면한다.

어머니   있는 그대로 말씀 드려. 넌 그저 착한 마음에 코끼리들을
          풀어주고 싶었잖아. 네가 그랬잖니? 동물들이 밧줄에 묶
          여 있는 것 보면 마음이 아프다고. 꼭 네가 묶인 것처럼 마
          음이 아프다고. 왜 말을 못해? 왜 그렇게 말을 못해?

          조련사는 자신의 말이 받아들여지지 않는 것에 대해 너무 답답
          하다.
          그는 발을 구르고 팔을 휘두르고 고개를 흔들며 몸으로 그 답답
          함을 호소한다.

조련사   진짜 그랬는데. 왜 내 말을 안 믿는데.
형 사   (소리를 지른다) 가만히 앉아!
의 사   직면하기 힘들어서 그런 겁니다.
어머니   애야, 정신 차려.

          조련사가 계속 몸부림친다.
          형사가 조련사에게 주먹을 날린다. 조련사가 나동그라진다.

형 사   내 말 안 들려? 가만히 앉으라고.

          어머니가 놀라서 형사에게 달려가 막는다.

어머니   지금 뭐하는 거예요? 경찰이 사람을 때려도 되는 거예요? (조련사에게 다가가) 일어나! 왜 맞고만 있어? 남들이 때릴 땐 어떻게 하라고 했니? 피하라고 했잖아. 왜 맞아, 왜?

의 사   형사님!

형사가 어머니를 뒤로 밀어내고 조련사를 제압시켜 의자에 앉힌다.

형 사   뭐가 어쩌고 어째? 야, 내가 그렇게 우습게 보여?

어머니   대답하지 마라. 딴 생각을 해.

형 사   코끼리가 누굴 만나? 그럼 그놈들이 미리 짜고 가족 만나러 도망갔다는 거야? 눈으로 서로 사인을 주고받았다고? 야구 하냐? 사인을 주고받게? 그걸 진술이라고 하고 있어? 너 정말 상황 파악이 안 되냐? 아휴~ 이걸 정말. (주먹을 다시 휘두르려한다)

어머니   (형사의 팔을 잡고) 피해! 왜 이러세요? (조련사에게) 아빠처럼 해. 어렸을 때 아빠 말은 잘 들었잖아.

의 사   (이 와중에도 뭔가 기록을 하며) 아빠와 형사님은 많이 달라요. 아빠는 유약하고 형사님은 폭력을 행사하고….

형 사   (물끄러미 의사를 쳐다보다) 수상해, 당신이 수상해.

의 사   무슨 말씀입니까?

형 사   처음부터 수상했어. 증거물이며 증인이며 아귀를 딱딱 맞추어 가는 솜씨가. 동료라고 이상한 놈 하나 물어 와서. 모두 한통속 아냐? (박수를 친다) 대단한데. 누구지? 당신 뒤엔

또 누구야? 당신도 김창건 의원 *끄나풀*인가, 조련사 *빼*가
는 게 임무야? 도대체 당신들 음모의 끝은 어디야?

의 사 형사님, 정신 차리세요. 도대체 형사님 의심의 끝은 어디
죠? 이혼하신 것도 그 의심 때문 아니었나요?

형 사 당~신! 내 뒤도 캐고 다녀?

의 사 죄송합니다. 형사님이 너무 말도 안 되는 소리를 하시니
까 그렇죠.

형 사 너 오늘 진짜 재수 좋은 줄 알아라.

형사가 조련사와 의사를 번갈아 본다.

의 사 (기록을 하며) 사례 D-17, 모든 걸 의심함. 분노 조절이 전혀
안됨.

형사는 마음을 가라앉히려는 듯 앉아서 담배를 핀다.
무력해진 조련사, 온 몸에 힘이 빠진 채, 의자에 축 늘어져 있다.
의사는 계속 무언가를 기록하고 있다.

어머니 얘야.

조련사가 천천히 고개를 드나 모든 걸 체념한 표정.

의 사 선생님, 괜찮으세요?

조련사는 아무 반응이 없다.

형 사 참는다고 계속 참을 수 있는 게 아니다. 한계라는 게 있어.
(담배를 끄고) 뇌 세척을 한 건지, 독한 놈을 고른 건지, 암튼
김창건 의원 대단한 양반이야.

의 사 윽박지르면 아무 것도 달라지지 않습니다. 극단적인 정서
장애는 경청해주고 래포를 형성해서 자신과 맞닥뜨리게
해야 합니다.

어머니 윽박지르면 안 되죠.

의 사 어머님도요. (조련사에게) 절 보세요. 선생님, 선생님에겐 코
끼리밖에 없었죠? 선생님을 믿어주고 지켜주는 게 코끼리
밖에 없었죠?

조련사가 미소를 짓는다. 느닷없는 미소. 모든 걸 포기한 뒤 지을
수 있는 천진한 미소.

의 사 코끼리는 가족 같고 애인 같고 친구 같은 존재였어요.

조련사가 고개를 끄덕인다.

의 사 하지만 코끼리들은 선생님 몰래 얘기했잖아요. 몰래 의논
하고 몰래 도망가려고 하고.

조련사가 미소를 지으며 고개를 끄덕인다.

의 사　사람들은 원래 잡히지 않을수록 더 끌리게 되어 있습니다. 선생님의 욕망을 더 부추기게 된 거죠. 코끼리의 비밀을 함께 나눈 것처럼 기쁘고 점점 호기심이 발동되고.

조련사　그랬는데. 꼭 그랬는데.

의 사　선생님한테 코끼리 같은 존재가 또 있을까요? 코끼리만큼 선생님을 기쁘게 해주는 사람, 없죠?

조련사　코끼리는 나한텐 전부였는데.

의 사　같이 도망가고 싶었을 거 같아요. 멀리, 멀리?

조련사가 배시시 웃다가 고개를 숙인다.

의사가 흐뭇한 미소를 흘린다.

형 사　미친 놈. (조련사의 머리카락을 흩뜨려 놓으며) 최면 걸렸냐? (눈높이를 맞추고 앉아 이마를 톡톡 치며) 꿈 깨져. 넌 모든 걸 조련시키는 천부적 능력을 갖고 있어. 네 자신조차.

조련사　조련하는 거 좋아하는데.

형 사　그렇지? 관장이 그렇게 시켰고?

조련사　맞는데. 관장이 시켰는데.

형 사　그리고 관장한테 부쩍 손님이 많이 왔지? 너한테 소개도 시켜주고.

조련사　인사했는데. 관장님 손님한테 인사했는데.

형 사 그렇지. 그들이 시켰잖아. 퍼레이드 하기 전에 코끼리 데리고 그 공원으로 가라고.

조련사 맞는데.

형 사 다른 조련사 놈들은 늘 자기네끼리 어울렸어. 일은 하지도 않으면서 열심히 일하는 널 놀리기만 하고.

조련사 (기쁜 목소리로) 어떻게 알았는데?

형 사 그래서 관장이 널 불렀어. 이 일은 네가 적임자라고. 네가 대장처럼 코끼리들을 책임지라고.

조련사 꼭 그렇게 말했는데.

형 사 넌 평소에도 다른 조련사 놈들이 싫었어. 아주 지긋지긋했지. 이번 일만 제대로 하면 인정받을 수 있게 되는 거야.

조련사 난 열심히 했는데.

형 사 그래, 그랬겠지. 그런데 문제는 코끼리가 예상보다 일찍 잡혔다는 거야. 유세장이나 인공호수뿐만 아니라 이왕이면 널 놀리던 사람들도 다 밟아버렸으면 좋았을 텐데. 안 그래?

조련사 밟아버리면 좋았을 텐데. 코끼리가 뛰어다닌다고 생각하니까 기분이 좋았는데. 가슴이 시원했는데. 가서 더 밟아버렸으면 했는데. 마음속에서 마구 소리 질렀는데. 더 가, 더 멀리, 더 빨리, 더 밟아, 큰 코로, 큰 엉덩이로, (점점 격해지다 소리를 지르며) 큰 발로. 더! 더!더!! 더!!!

형 사 진짜 그랬어?

어머니 이제 아무 말이나 막 하네.

조련사 내가 원했는데. 관장이 시켰지만 내가 원한 건데. 내가 계획한 건데. 그 공원이 좋다고도 내가 말했는데.

형 사 유세장이 가깝다는 것도 알고 있었어?

조련사가 고개를 끄덕인다.

형 사 코끼리가 공원에서 유세장까지 가도록 어떻게 조련했지?

의 사 형사님, 범인을 잡지 않고 범인을 만드시는군요.

형 사 나중에 이 진술에 대한 증인이나 서시죠.

어머니 형사님, 이렇게 된 이상, 솔직히 말씀 드리죠. 전 웬만하면 솔직히 말하는 사람이 아니에요.

형 사 됐어요.

어머니 사실 애가 이렇게 말하는 건 감옥에 가기 위한 겁니다. 감옥에 가서 죄수를 풀어놓고 싶은 거예요. 거긴 쉽지 않다고 했는데. 안 가봤으니 몰라서 이래요. 동물원에 취직한 것도 동물들을 풀어주기 위한 거였어요. 얘는 갇혀있는 걸 보면 죄다 풀어줘요. 아주 어렸을 때부터 그랬어요. 아니, 태어날 때부터. 시대를 잘못 타고 태어났어요. 옛날에 태어났으면 독립운동가라도 됐을 텐데.

형 사 상상력이 유전이네.

의 사 어머님, 왜 자꾸 미화시키십니까? 그건 아들을 위하는 게 아닙니다. 모르시겠어요. 아드님이 왜 이렇게 됐는지 정말 모르시겠어요?

조련사   맞는데. 엄마 말이 맞는데. 내가 어렸을 때 쫑이 풀어준 거 맞는데. 아빠도, 집에서 답답해하던 아빠도 내가 풀어줬는데. 엄마 통장도 찾아주고 내 저금통도 다 아빠 줬는데. 그리고 나도 풀어줬는데. 집에 있던 나도, 나도 풀어줬는데. 집 나와서 동물원 쪽방에서 사는데. 쪽방은 좁지만 마음이 편한데. 마음이 편해서 행복한데. 나중엔 동물원이 아니라 초원에 가서 살고 싶은데. 벽도 없고 담도 없는 데서 살고 싶은데. 자유롭게 살고 싶은데. 정말 그러고 싶은데.

어머니   (손수건을 꺼내 눈물을 찍으며) 불쌍한 것. 인생 뭐 있니? 살고 싶은 데서 살아.

조련사   (꽤 지쳐있다) 내가 했는데. 다 내가 했는데.

형 사   (조련사의 어깨를 두드리며) 그만, 그만. 진정해. 거기까지. 잘했어. 오후에 기자단이 오면 나한테 했던 말을 그대로 하면 돼. 그러면 모든 일이 마무리되는 거야. 어마어마한 음모가 드러나는 거지. 걱정 마. 넌 가벼운 문책을 받는데 그치도록 손써줄게.

이때, 친절한 노크소리.
느닷없이 코끼리가 들어온다.
코끼리는 오로지 조련사에게만 보인다. 따라서 조련사와 코끼리의 대화는 아무도 들을 수 없다.

조련사   삼코!

코끼리가 조련사에게 다가와 그를 일으켜 세운 후 가슴에 번호표를 달아준다.

코끼리   57621번째 코끼리가 된 걸 축하해.

코끼리가 조련사의 목에 화환을 걸어준다.
코끼리가 조련사를 형사가 있는 쪽으로 보낸다.
이때부터 말하는 사람에게만 차례로 조명이 비춰진다.
조련사에게 조명이 비춰질 때마다 그는 조금씩 코끼리로 변해있다.

형 사   (조련사에게) 넌 톱기사로 다뤄질 거야. 다른 얘긴 집어치우고 유세장 얘기만 해. 어떻게 유세장으로 코끼리를 유인했는지. 고생했다. 배고프지? 좀 이따 따뜻한 국밥이라도 먹자. 기자회견 때는 김창건 의원 이름을 분명히 말해. 그래야 네 혐의가 쉽게 풀릴 테니까.

조련사가 편안한 미소를 지으며 오른손을 올려 이마에 경례를 붙인다. 조련사가 어둠으로 사라지면 어둠 속에 있던 코끼리가 그에게 조끼를 입힌다. 코끼리가 그를 의사에게 보낸다.

의 사   고백한 내용, 모두 녹음했어요. 코끼리를 사랑할 순 있지만 그건 병이에요. 병을 고치는 건 문제점을 인정하는 데서 출발하죠. 선생님의 인정은 정말 용감한 일입니다. 고

비를 넘기셨어요. 선생님께도 곧 진짜 애인이 생길 수 있습니다. 코끼리가 아닌 진짜 여자.

조련사가 행복한 미소를 지으며 감사의 인사를 정중하게 한다. 조련사가 어둠으로 사라지면 코끼리가 그에게 화려한 벨벳 모자를 씌운다. 코끼리가 그를 어머니에게 보낸다.

어머니　어쩌겠니. 순진하기만 한 걸. 그렇게 생겨먹은 걸. 인생 뭐 있니? 생긴 대로 사는 거지. 그래도 넌 여전히 착하고 멋지다. 그럼, 누구 아들인데. 누가 너처럼 용감할 수 있니? 그래, 다 풀어줘. 다 초원으로 데리고 가. 개구리도 코끼리도, 엄마도 아빠도 다, 다 데리고 가. 사람들이 나중엔 알 거야. 네가 얼마나 좋은 일을 했는지. 혹시 아니? 노벨평화상이라도 줄지.

조련사가 어머니를 살짝 포옹했다 푼다. 조련사가 어둠으로 사라지면 코끼리가 그에게 커다란 코가 붙어있는 머리를 씌어준다. 어느새 조련사는 코끼리와 똑같은 형상을 갖췄다.
조명이 서서히 무대 전체를 비춘다.
형사, 의사, 어머니는 자신의 의지가 관철된 듯, 결의에 찬 박수를 친다. 박수 소리가 점점 커져 우레 같은 박수 소리가 된다. 마치 서커스를 보려고 몰려든 관중의 박수 소리처럼.
조련사와 코끼리는 형사, 의사, 어머니 사이를 돌며 쇼를 시작한다.

형 사   난 모든 걸 알고 있다.

조련사와 코끼리는 코를 흔든다.

의 사   당신이 아는 것보다 더 많이!

조련사와 코끼리는 코끼리처럼 걷는다.

어머니   엄마는 너다. 네가 내 뱃속에 있을 때부터.

조련사와 코끼리는 다리를 구른다.
조련사는 해맑은 얼굴로 코끼리와 함께 공을 굴린다.
위에서 꽃가루가 떨어진다.
조련사와 코끼리의 쇼가 이어진다.

조련사   삼코야.
코끼리   응.
조련사   괜찮아? 어디 다친 데 없어?
코끼리   응.
조련사   아들은 만났어?
코끼리   응. 만났어. 그런데 내가 아빠인 걸 못 알아봐.

폭죽이 터진다.

조련사　넌 어떻게 코끼리가 됐어?

코끼리　나? 다니던 은행에 절도 사건이 있었는데, 모두 내 말을 안 믿….

커다란 음악소리에 그들의 대화소리 묻힌다.
두 마리의 코끼리는 계속 대화를 하며 쇼를 진행한다.
쇼가 더 현란해지는 가운데 조명이 서서히 어두워진다.

막.

한국 희곡 명작선 74

그게 아닌데

초판 1쇄 인쇄일   2021년 11월 25일
초판 1쇄 발행일   2021년 11월 30일

지 은 이   이미경
만 든 이   이정옥
만 든 곳   평민사
　　　　　서울시 은평구 수색로 340 〈202호〉
　　　　　전화 : 02) 375-8571 / 팩스 : 02) 375-8573
　　　　　http://blog.naver.com/pyung1976
　　　　　이메일 pyung1976@naver.com
등록번호   25100-2015-000102호
ISBN   978-89-7115-788-6 04800
　　　　　978-89-7115-663-6 (set)
정　　가   8,000원

이 책은 사단법인 한국극작가협회가 한국문화예술위원회의 2021년 제4회 극작엑스포
지원금을 받아 출간하였습니다.